幽靈的地圖

SHERLOCK HOLMES

大偵探福爾摩斯

幽靈的地圖

沼氣爆炸

在俠醫赤鬍子身故一年後，華生和福爾摩斯來到了慘劇發生的波蘭街*。

「老師，我把你的事跡寫了一篇報道，讓大家永遠懷念你之餘，也希望**警惕世人**，不要以為正義在自己那邊，就可以**執行私刑**胡亂殺人。」華生在地上放下了鮮花，喃喃自語。

福爾摩斯拍拍華生的肩膀，安慰道：「不要傷心了，赤鬍子老師**在天之靈**，一定已聽

* 詳情請閱《大偵探福爾摩斯㊷連環殺人魔》。

到你的聲音，相信他對自己能培養出你這種弟子，會感到很自豪的。」

「不，我是個不肖弟子。」華生搖搖頭說，「我比起老師，實在微不足道，沒有甚麼值得讓他自豪的地方。」

「對了。」福爾摩斯為免華生太過悲傷，故意轉換話題，「說起來，我對你的那篇報道也有點意見呢。」

「是嗎？難道我寫錯了甚麼？」

「你沒有寫錯甚麼，只是沒把破案的關鍵寫出來罷了。」

「關鍵？那不就是遇害者姓氏的頭一個字母嗎？我有寫呀。」

「不，我的意思是——」

福爾摩斯還未說完，突然「轟」的一聲巨響炸斷了他的說話。

兩人感到一陣強烈的震動從地面傳來，還未定過神來，已看到不遠處的樓房後面有一股濃煙直沖上天空。

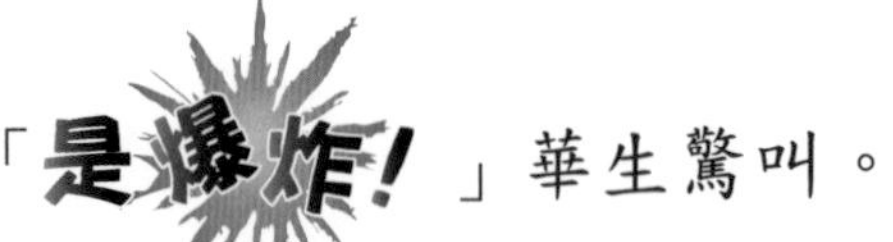

「**是爆炸！**」華生驚叫。

「我們快去看看！」福爾摩斯話音未落，已往濃煙的方向奔去。華生見狀也連忙跟上。

不一刻，他們已跑到事發的地點。那是數百碼外的沃德街，馬路的地面被炸出了一個**大窟窿**，一些水管也被炸斷了，不斷噴出水來。

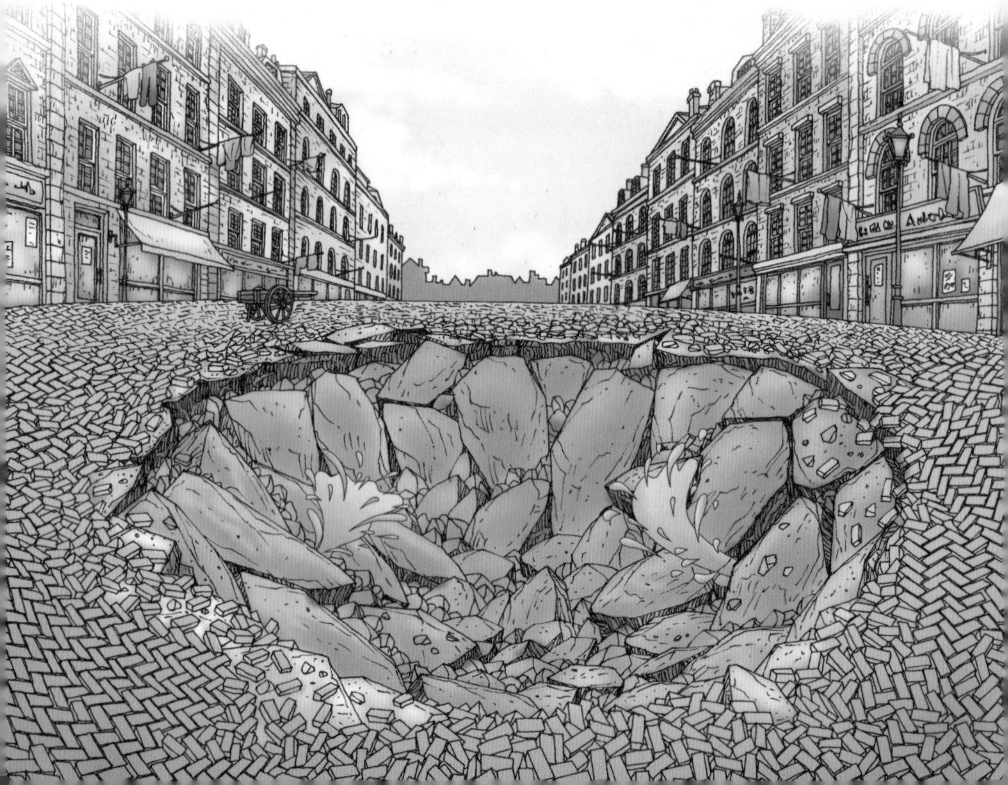

這時，附近的群眾也紛紛趕至，有一個壯漢指着大窟窿下面說：「**不得了！瓦礫下好像有人！**」

福爾摩斯和華生定睛一看，果然，有一隻仍在微微顫動的**手**在瓦礫中伸了出來，看來是在**求救**。

「**救人！**」福爾摩斯大叫一聲，已不顧危險躍下，並奔到瓦礫堆中使勁地挖起來。那壯漢和華生見狀，也趕忙跳下來幫忙。不一刻，三人已合力把一個被瓦礫壓得奄奄一息的男人救了出來。

「先生，你叫甚麼名字？是從馬路上掉下來的嗎？」福爾摩斯大聲問。

「我……吭……吭……吭……」男人說

不出話來。

「別擔心，我是醫生，讓我看看你。」華生一邊安慰一邊為男人檢查傷勢。

「怎樣？他有救嗎？」福爾摩斯湊到華生耳邊問。

「他傷得很嚴重。」華生生怕那男人聽到似的，輕聲答道，「除了肺部被壓斷的幾條肋骨刺穿之外，他的背部還被嚴重燒傷了，看來爆炸時剛好被炸個正着。」

「唔……」福爾摩斯看了看地洞的四周，「從這個大窟窿的形狀推斷，爆炸並非在地面發生，難道……他是在地底被炸傷的？」

「有……」這時，受傷的男人又再開聲了，

「還有一個……人……我……我的同事……」

他的聲音非常微弱，兩人勉強才能聽得到。

「你的同事？你們共兩個人嗎？他在哪裏？」福爾摩斯緊張地問。

「他在……在我的……後面……」

「知道了，我們會去救他！」華生應道。

突然，受傷的男人「咳咳咳」地大咳幾聲，並從口中吐出了一灘血。他抓住華生的衣袖，吃力地從喉頭裏擠出：「水……水……」

「你想喝水嗎？我叫人馬上拿來。」華生應道。

然而，男人絕望地搖了搖頭後，抓着華生衣

袖的手已鬆開了。接着，他那全身繃緊的肌肉也有如泄了氣的皮球似的，一下子就軟了下來。

「啊！」華生連忙摸摸男人脖子上的大動脈，最後搖搖頭說，「沒救了……」

「咦？他……他不是西納先生嗎？」那個協助救人的壯漢看來認出了死者。

「你認識他？」福爾摩斯問。

「不算認識，但我認得他。」壯漢答道，「他以前是馬車夫，專門駕駛雙層馬車，後來遇到交通意外，就轉行去優質水務公司工作，當上了抄錶員，每個月的月頭都會來我那棟樓抄水錶。」

「原來是水務公司的職員……」福爾摩斯想了想，「怪不得在地底被炸個正着了。看來，他是在**下水道**工作時不小心引爆了**沼氣**。」

華生聽到老搭檔這麼說，馬上就明白了。他知道，倫敦的排污設施不好，下水道常堆積居民的**糞便**和**生活污水**，在這種環境下很容易產生沼氣，當它的濃度達到某個程度後，一

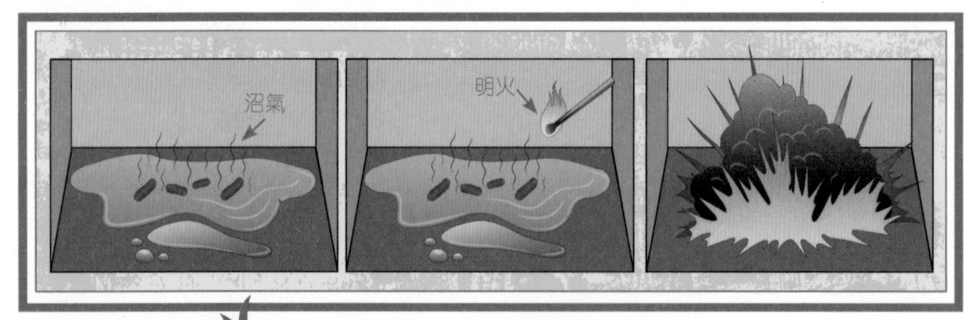

旦遇上**明火**就會發生大爆炸了。事實上，倫敦每年都會發生幾次這種**事故**，只是這次比較嚴重而已。

不一刻，消防隊和警察也陸續趕到，福爾摩

斯和華生還看到了老朋友**蘇格蘭場孖寶幹探**的身影。

「怎麼你們也在這裏？」李大猩看到兩人，就**一臉不爽**地說，「哎呀！今天一定很倒霉了。每次看到你們，不是仇殺就是**謀財害命**，沒有一次是**吉利**的。」

「你怎可以這樣說？我和福爾摩斯常常幫你破案呀。」華生不滿地說，「況且，這次只是**沼氣爆炸**意外，並不是謀殺案啊。」

「甚麼？是沼氣爆炸嗎？**無緣無故**怎會爆

炸的？」李大猩不耐煩地說，「哎呀，手頭上的工作已夠忙了，還要調查這種意外嗎？」

「沒關係，交給**消防部門**去調查就行了。」狐格森說，「反正我們的專業是**兇殺**，不是爆炸意外。」

「說的也是，那麼收隊吧。剛好肚子餓，正好去吃下午茶。」李大猩揚揚手，轉身就走。

「**李大猩探員！狐格森探員！**不得了！不得了！」

突然，河馬巡警**氣喘吁吁**地奔至，擋住兩人的去路。

「**大吉利是！**吵吵嚷嚷的，有甚麼不得了呀？」李大猩罵道，「每次碰到你就會遇上**棘手**的案子，你簡直是**瘟神**呀！」

「這……」河馬巡警搔搔頭，不知如何是好。

「有甚麼事就快說吧。」福爾摩斯故意**揶揄**，「兩位大幹探有很重要的事情要去處理啊。」

「啊！是的。」一言驚醒之下，河馬巡警**戰戰兢兢**地說，「那邊……那邊發生地陷，翻出了一些白骨……」

「**甚麼？白骨？**」李大猩慪氣地說，「哎呀，真是**福無雙至，禍不單行**。怎會沼氣爆炸之後，又來一宗**兇殺案**呢？」

「要去看看嗎？」河馬巡警問。

「當然要去看！還用問嗎？帶路吧。」李大猩喝罵。

在河馬巡警的帶領下，四人去到了發現**白骨**的現場。可是，一看之下，他們全被眼前的景象嚇呆了。

「**怎會……怎會有這麼多白骨的？**」李大猩戰慄不已。

「對……還以為只是一個人的白骨……怎樣看……這裏都有**幾十副**啊。」狐格

「唔……看來是個亂葬崗呢。」福爾摩斯也倒抽一口涼氣，「一定是沼氣爆炸引發的氣流通過下水道一直衝了過來，把埋在這裏的白骨全翻了出來。」

「呀！」巡警突然大叫，把我們的孖寶幹探嚇了一跳。

「你又怎麼了？」狐格森罵道。

「經福爾摩斯先生這麼一說，就讓我記起來了。」河馬巡警「咕咚」一聲吞了一口口水，煞有介事地說，「我記得小時候聽外婆說過，這附近在百多年前曾經發生過鼠疫，死了好幾千人。當時，人們為防瘟疫傳染到外面去，就隨便挖了個大坑，把屍體全都掉到坑裏去埋掉。」

「啊……死了幾千人……嗎？咯……咯……咯……」聞言，李大猩害怕得連牙齒也打顫了。

「難怪……難怪……早兩天寬街那邊發生霍亂瘟疫了……」狐格森想起了甚麼似的，臉色立即變得刷白，「原來……原來

這裏曾是瘟疫的亂葬崗……」

「對……寬街那邊已死了十幾人……」河馬巡警說。

「一定……一定是亂葬崗的幽靈作祟！他們要來報復……報復人們沒有好好把他們安葬！寬街的霍亂是因為這個亂葬崗的瘴氣而產生的！」李大猩說到這裏，急忙捂住自己的口鼻連退了幾步。

「那……那怎麼辦？要把他們重新安葬嗎？」河馬巡警問。

「還用說！這是你發現的，就交給你去辦吧！我還有正經事要做，再見！」李大猩說完，就一溜煙似的逃了。

狐格森見狀，也扔下一句「拜託了」，就急忙跟着跑了。

自稱**膽色過人**的孖寶幹探竟然一聽到幽靈就**落荒而逃**，河馬巡警當然呆在當場。福爾摩斯和華生雖然知道李大猩兩人最怕鬼，但看到這個荒謬的場面，也只能**面面相覷**。

「霍亂是通過**瘴氣**傳染的嗎？」福爾摩斯回過神來後，向華生問道。

「醫學界一般都是這樣說，但並沒有**實質**

的證據。」華生說，「不過，一定不會跟這兒的白骨有關。」

「是的，甚麼幽靈作祟只是迷信。」福爾摩斯有點掃興似的說，「真可惜啊，還以為有甚麼白骨奇案可以讓我動動腦筋，原來只是百多年前的亂葬崗。看來我們也只能打道回府了。」

可是，當他們掉頭路過那大窟窿時，剛才那位幫忙救人的壯漢卻走過來說：「福爾摩斯

先生，我撿到這個東西，看它的形狀像雷管，不知道是否與**爆炸**有關。」說着，他把「**雷管**」遞上。

福爾摩斯接過細看了一會，說：「這東西確實有點像『雷管』，但它是由**牛角**製成的，一定不是『雷管』。」

「是嗎？還以為撿到引起爆炸的**證物**呢。」壯漢感到有點可惜地說。

「但這東西很有趣，可以送給我嗎？」福爾摩斯問。

「反正我也沒用，你拿去吧。」壯漢爽快地說。

華生知道福爾摩斯有個**怪癖**，就是喜歡收集奇特的東西。這個牛角製的**小圓筒**不知道是甚麼玩意，福爾摩斯當然不會放過。不過，華生這時並不知道，這玩意其實隱藏着**重大秘密**，而一場**霍亂大風暴**已悄悄地擴散，將會令整個倫敦都陷入極度恐慌之中。

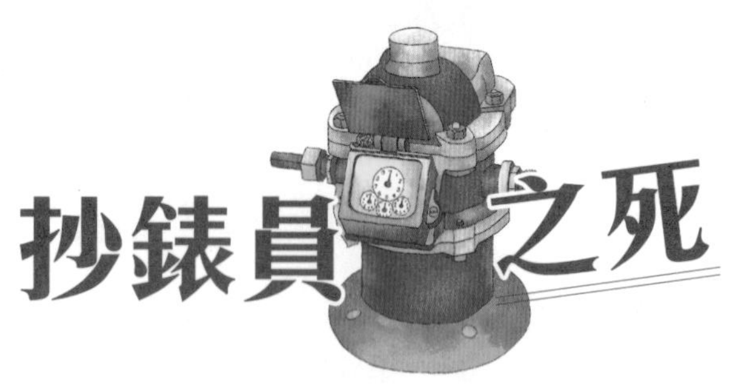

抄錶員之死

幾天後，一個胖女人來訪，她的第一句說話，已叫福爾摩斯和華生大感意外。

「我姓**西納**，外子在沃德街沼氣爆炸中，與一位同事一起被炸死了。」

「啊……你是西納先生的**遺孀**……？」華生驚訝地問。

「是。」西納太太點點頭，語帶悲傷地說，「聽警察說，你們事發當天在現場搶救外子，我今天是特意來感謝你們的。」

「不……」華生說，「可惜西納先生傷得太重，我們當時也無能為力。請你節哀順變吧。」

「謝謝你。其實，我還有個請求……」西納太太有點猶豫地說，「聽河馬巡警說，你們專破奇案，請問可以幫我查明爆炸的真相嗎？」

「那是工業意外，可不是我們的業務範圍啊。」福爾摩斯解釋。

「不！那不是工業意外，那是蓄意謀殺！」

「甚麼？」福爾摩斯和華生都大吃一驚。

「外子只是一個抄錶員，專門負責記錄住戶的用水量和收水費，他從來都不會到下水道去的！」西納太太有點激動地說。

「是嗎？」福爾摩斯想了想，問道，「那麼，與你丈夫一起殉職的那位同事呢？他也是抄錶員嗎？」

「不，羅里是維修部的人，負責檢查和維修輸水管，是與外子很談得來的同事。」

「這麼說的話，會不會是羅里去找你丈夫幫忙，所以才會一起到下水道去呢？」福爾摩斯說。

「不，外子最怕臭，除非有特別原因，否則死也不會到臭氣熏天的下水道去。」西納太太說，「而且，他最近有點精神緊張，還說要查明甚麼真相才能放心。」

「啊？有這樣的事？」福爾摩斯問，「難道**你認為丈夫的死與他的調查有關？**那麼，他究竟在調查甚麼呢？」

「這個……我也不太清楚……但我就是知道，他好像正準備揭露甚麼**罪行**似的，整個人都**繃緊**了。」

「唔……」福爾摩斯有點猶豫。

「福爾摩斯先生，請你幫幫忙吧。」西納太太哀求，「如果找不到證據證明是**謀殺**，我會死心。但是，如果我不去追求真相，相信外子會**死不瞑目**！」

「福爾摩斯，你就幫幫忙吧。」華生也幫腔道。

「好的，那麼我就**盡力而為**吧。」福爾摩斯答允。

華生送走了西納太太後，說：「女人的直覺**不容小覷**，特別是對身邊的人，只要有些微的異常，她們也會感覺得到。」

福爾摩斯斜眼看了一下華生，問道：「你怎會知道女人有這種**本事**？難道你幹了甚麼**出軌**

的事，給女朋友瑪莉*察覺了？」

「別胡說！」華生急忙辯解，「這是人之常情，你不明白，只是因為從來沒有女朋友罷了。」

福爾摩斯沒理會華生的挖苦，只是歪着頭想了想：「西納先生只是一個小職員，應該不會與人有利益轇轕而惹來殺身之禍。如果他真的要揭露甚麼罪行的話，應該與工作有關。」

「但他只是負責抄水錶和收水費，頂多只會揭發住戶偷水或拖欠水費吧？這些小事不會招來殺意啊。」華生質疑。

「唔……也有道理。」福爾摩斯想了想，

*有關瑪莉，詳情請看《大偵探福爾摩斯②四個神秘的簽名》。

「但萬事總要有個開頭，先查一查他的工作，如果沒有發現，再循他的私人關係去調查吧。」

然而，出乎意料之外地，福爾摩斯一查之下，卻從西納那平淡無奇的日常工作中嗅到了一股不尋常的氣味。因為，他負責抄水錶的住戶中，竟然有20多個在數日之內已因染上霍亂而亡！

「竟有這樣的事？」華生聽到大偵探的報告後，不禁大吃一驚。

「我懷疑他的死於非命可能與霍亂有

關。」福爾摩斯分析道，「因為，死者大都集中在**寬街**上，那兒正是西納先生負責**抄水錶的街道**。」

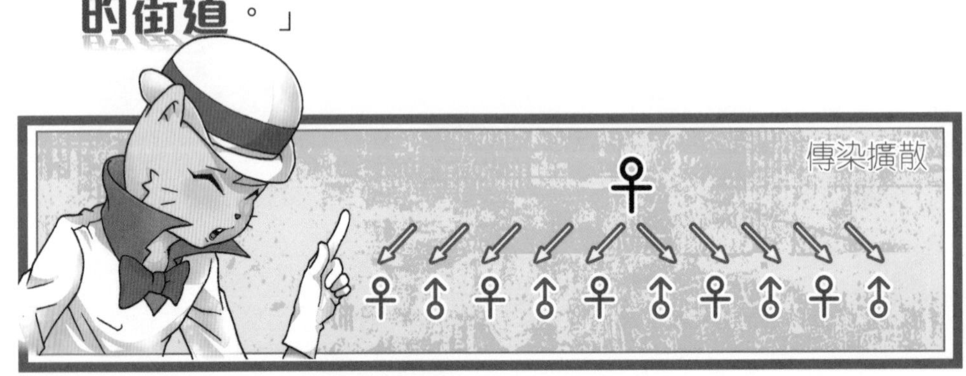

「霍亂是**傳染病**，只要某個地點有一宗病例，如果沒法制止傳染**擴散**，同一個地點的病例就會很容易迅速增加。」華生說，「西納先生負責抄寬街住戶的水錶，霍亂又在寬街爆發的話，住戶中死去20多人並不出奇啊，總不能說這與他的**工作**有關吧？」

「我雖然不是醫生，但也知道霍亂大都是**地區性爆發**的瘟疫。」福爾摩斯說，「不過，

要是西納先生因為工作關係，掌握了霍亂的**傳染途徑**呢。這不會讓他招來**殺身之禍**嗎？」

「不會吧。」華生說，「要是他掌握了霍亂的傳染途徑，衛生部門就可以截斷感染的**源頭**，人們只會感謝他呀，怎會把他殺死？」

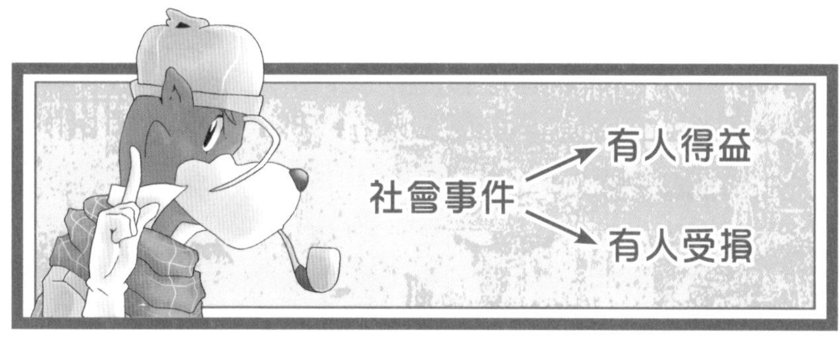

「嘿嘿嘿，華生你太純真了。」福爾摩斯冷笑，「**一切重大社會事件背後都可能涉及利益關係，有人會從中得益，有人卻可能受損，瘟疫也不例外。**」

「怎可能？**瘟疫**只會令所有人受損，沒有人會得益。」

「棺材店呢？瘟疫死得人多，棺材店不會受惠嗎？」

「哎呀，你這是**強詞奪理**啊。」

「那麼，**水**呢！」

「**水**？甚麼意思？」

「西納先生死時，最後不是說了個『**水**』字嗎？」

「那又怎樣？他只是想**喝水**罷了。」

「不，我認為他想提醒我們，『**水**』是關鍵。」

「你的推理跳得太急促了，我無法理解。」

「是嗎？那麼讓我逐一說明吧。」

接着，福爾摩斯一步一步地說出了他的推理。

①水務公司職員 → ②抄水錶 → ③得悉住戶染病→
④發現水有異常 →⑤到下水道找尋異常源頭→
⑥被殺，臨死時說出『水』

「啊……你的意思是，西納發現『水』是傳染霍亂的途徑，他是因為追尋證據而被殺？」華生問。

「正是。」福爾摩斯說，「由於他負責抄水錶和追收水費，對住戶的用水習慣一定非常熟悉。當他看到住戶一個接一個地倒下去時，可能就察覺到霍亂與他們的飲用水有關。於是，他就叫熟悉下水道的同事羅里帶路，一起去檢查**輸水管**是否出了問題。但他沒想到，有人因為不想此事張揚，就**引爆沼氣**把他們幹掉了。」

「這麼說來，害怕此事張揚的——」

「沒錯，應該是**優質水務公司**的老闆。」福爾摩斯說，「如果住戶們知道喝了優質的水會染病，就一定會與它解約。更糟糕的是，染病的住戶更必定會索取**巨額賠償**。」

「所以，西納先生就不得不死。」華生感到懍然。

「不僅如此，引爆沼氣把下水道的水管炸掉，還可以毀滅證據，對優質的老闆來說可謂一舉兩得。」

「豈有此理！水務公司怎可以為了生意而草菅人命！」華生憤怒地說，「我們一定要揭發它的罪行！」

「少安毋躁。」福爾摩斯說，「剛才說的只是推論，我們必須掌握實質證據才能把優質水務公司繩之以法。」

「但怎樣才能掌握證據，難道要潛入下水道調查嗎？我們可不是這方面的專家啊。」

「不，我們可以先從受害者入手調查，只要掌握受感染住戶的名單，再對照優質水務

的客戶，如果兩者是一致的話，就能證明供水可能與傳染霍亂有關了。」

「感染住戶的名單嗎？往哪裏找呢？」華生呢喃。

「還用說嗎？當然是找醫生啦。」福爾摩斯說，「染了病的人首先找的一定是當地的醫生，只要向他查問一下，必定**事半功倍**。」

「這麼說來，我有一個同學在弗里思街開了一家全科診所，他叫**約翰·斯諾**，可以找他問一問。」華生說。

「弗里思街嗎？那兒距離**寬街**不遠呢。」福爾摩斯說，「我們就去找他幫忙吧。」

「好的。我馬上寫一封信給他。」華生說。

瘴氣與霍亂

次日中午，兩人去到弗里思街的診所時，斯諾剛好匆匆忙忙地趕回來。

寒暄過後，斯諾劈頭就說：「我剛去過寬街，情況很糟糕，今天又確認死了8個人。他們又吐又拉，死得很辛苦。」

「我在信中已提及福爾摩斯的推論，你認為如何？」華生問，「我知道醫學界普遍認為霍亂與瘴氣有關，病人是因為吸入污濁的空氣而受感染的，與福爾摩斯的推論並不一樣。」

「不！瘴氣論不值一哂，霍亂肯定是經水傳染的。」斯諾斬釘截鐵地說。

「啊！真的嗎？那太好了！」華生和福爾摩斯都喜不自勝。

「但可惜的是，我沒法證實這個觀點。」斯諾一臉苦澀地說，「現在只能眼巴巴地看着病人送死……」

「就算未能證實自己的觀點，但也可以通知住戶提防呀。為何只能眼巴巴看着病人送死呢？」大偵探訝異地問。

「福爾摩斯先生，你有所不知。」斯諾歎道，「醫學界講求的是實證，尚未通過實驗證明的學說，一概不予承認。而且，學界中充斥着保守勢力，權威學者們一旦認定是瘴氣作祟，新的觀點就不容易為他們所接受。所以，我也不可以向住戶公開宣揚。」

「是的。」華生點點頭說，「醫學也是科學，沒通過實驗證明的學說，通常都會被視為『不科學』，很難得到認同。」

「那麼，瘴氣之說就有科學根據嗎？權威學者們做過甚麼實驗證明？」福爾摩斯問。

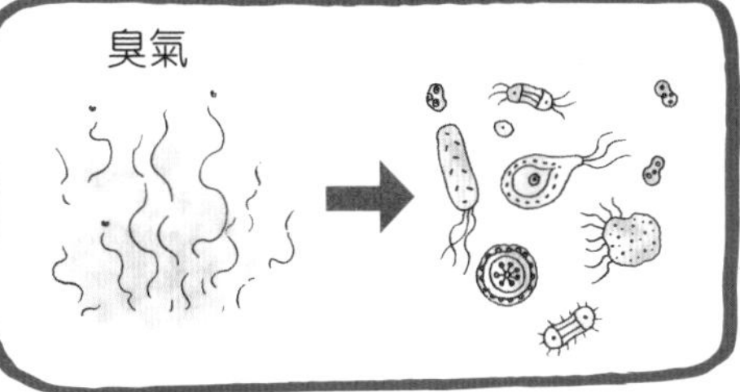

「其實，他們也沒有以實驗證明霍亂與瘴氣的關係。」斯諾搖搖頭，「不過，氣味太容易影響人的感官了。當你聞到中人欲嘔的臭氣時，自然就會聯想到與疾病有關。」

「那麼，寬街的水又怎樣？那些水有沒有異

味？」福爾摩斯問。

「很可惜，那兒的水一點異味也沒有。」斯諾苦笑，「我前兩天檢查過十多個住戶的自來水樣本，發覺那些樣本都很清澈，表面看一點問題也沒有。」

「啊？真的嗎？」福爾摩斯感到意外，「會不會真的與水沒有關係？」

「不，跟只會坐在辦公廳裏發號施令的衛生局高官不同，我每天都接觸病人，醫生的直覺告訴我，死去的人一定是與他們的飲用水有關。」斯諾說，「我正在製作一張地圖，希望能在地圖上標出霍亂患者的居所，再從那些居所去找出供水源頭，來證明霍亂與水源的關係。」

「這是個好主意呀，你為何愁眉苦臉呢？」華生問。

「唉……製作一張這樣的地圖並不容易啊。你要知道，住在寬街的都是貧苦大眾，一層樓又十多戶擠在一起，外人根本不知道住了多少人。」斯諾深深地歎了一口氣，「而且，那兒現在已十室九空，居民們都害怕被傳染而逃亡了，只餘下一些老弱殘兵。最糟糕的是，連醫護人員都害怕受到感染，我想聘請一些助手去幫助調查也沒有人回應啊。」

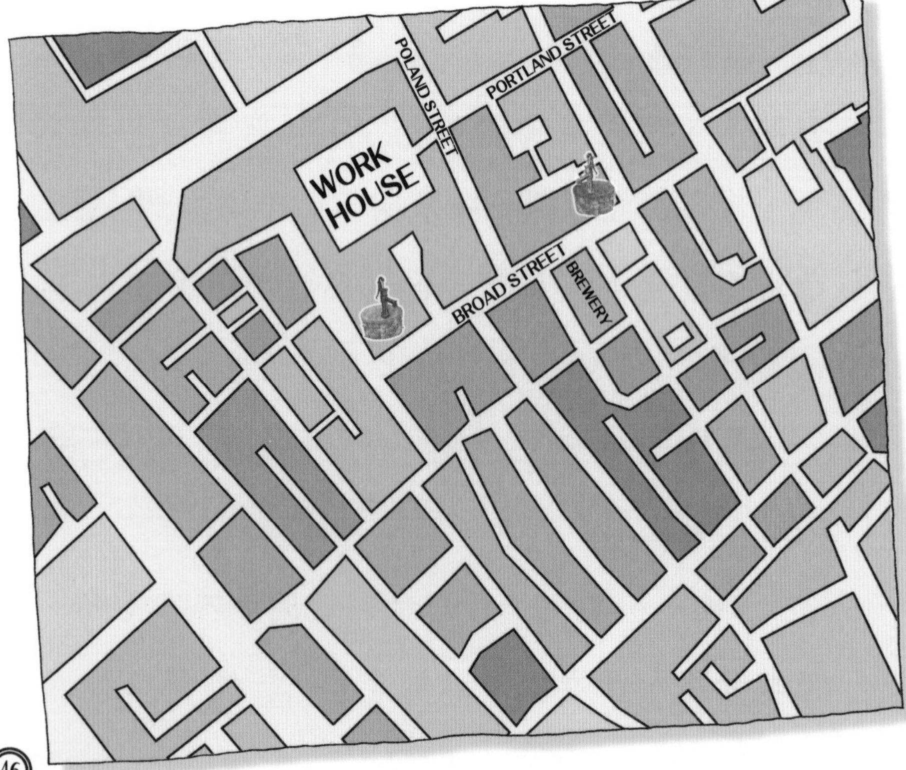

「原來如此。」華生深表同情地說，「這樣的話，想調查也**無從入手**了。特別是那些已搬走了的人，要把他們找回來了解情況也確實不容易。」

「就是如此。」斯諾**垂頭喪氣**地說。

「去找牧師吧。」福爾摩斯忽然說。

去找
牧師吧。

「找牧師？甚麼意思？」斯諾不明白。

「由此區的牧師出手，相信可以解決這些問題。」福爾摩斯解

釋道，「牧師的人際網絡比誰都強，他們一定可以找到搬走了的住戶，並協助你統計出霍亂患者人數和他們的住所。」

「啊……」斯諾恍然大悟，「你說得對，應該找牧師，他們肯定認識所有住戶！我竟然沒想到這一點，實在太愚蠢了！」

「福爾摩斯，你真有辦法。」華生佩服萬分。

「現在不是誇獎的時候。」福爾摩斯對華生說，「我知道優質水務是一家上市公司，我們要儘快去收集資料，調查一下這家公司的背景，看看能否找出它供水的網絡。」

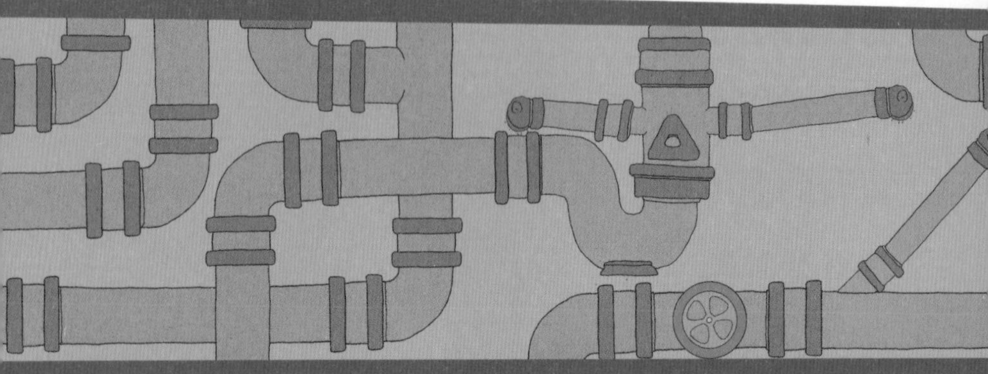

當晚，福爾摩斯與華生已找到不少優質水務的資料，正當兩人準備埋首細閱時，一個**熟悉的名字**卻映入大偵探的眼簾，令他大吃一驚。

「怎麼了？」華生察覺老搭檔的神情有異，於是問道。

「原來，優質水務的董事長是**威廉·懷特**。」福爾摩斯喃語。

「威廉·懷特？這個名字好熟，他是誰？」

「哎呀，你的記性實在太差了。」福爾摩斯沒好氣地說，「忘記了嗎？在調查『**消失的屍體**』*一案時，我們去查問過一個**皇家狩獵會**的會員，還害我損失了一盒名貴雪茄呢。」

「呀！我記起來了。你初時還誤會他是殺死蘭茜的兇手。」

「對，就是他。」福爾摩斯摸摸下巴說，「看來我們與他真是**冤家路窄**呢。」

說到這裏時，門外的樓梯忽然傳來一陣沉重的**腳步聲**，跟着一下急促又響亮的**敲門聲**。

* 詳情請閱《大偵探福爾摩斯㊹消失的屍體》。

也響起來了。

福爾摩斯打開門一看，不禁嚇了一跳，因為來者不是別人，竟是他們正在談論的**威廉．懷特**！

蓄意謀殺

「懷特先生，你怎會……？」福爾摩斯驚訝地問。

「你問我怎會**找上門來**嗎？」懷特吊着眉頭反問了一句，然後搖搖頭歎道，「你以為我想找你嗎？當然是遇上了**麻煩**啦。」

「遇上麻煩？甚麼麻煩？」

「對了，我們是**老相識**，收費可以便宜一點嗎？」懷特沒回答大偵探的問題，卻先來**講價**。

華生心想，這個威廉．懷特果然不失**商人本色**，甚麼都以價錢為先。

「收費嘛，要看案子的性質和複雜程度。」福爾摩斯還未摸清來者的目的，只好**模棱兩可**地答道。

「哎呀，不複雜的案子還用找倫敦最著名的

大偵探嗎？」懷特摸摸凸出的大肚子說，「總之，大家是老相識，你該**六折**收費，不然就不夠朋友了。要知道——」

「好了、好了。」福爾摩斯最怕**喇喇不休**的人，只好打斷懷特，並問道，「請問你想委託我調查甚麼？」

「**爆炸！**」懷特壓低嗓子，**煞有介事**地說，「死了兩個人的爆炸案！」

「啊……」福爾摩斯和華生不禁**面面相覷**。

「你們也看過報紙吧？就是幾天前在沃德街發生的沼氣爆炸，我公司有兩個職員在爆炸中死了。」懷特**毫不忌諱**地說。

「那不是**工業意外**嗎？」福爾摩斯裝作無知地問。

「表面上是，但我懷疑是**蓄意謀殺**。」

「甚麼？」福爾摩斯和華生都沒想到，懷特竟會與西納的妻子用上**同一個用語**。

「兩個死者之中有一個叫**羅里**，他是維修部的員工，入職才半年多。」懷特神情緊張地說，「我在個多月前，已派人調查過他的**底細**，因為我懷疑他是**潔淨水務**派來的**商業間諜**。」

「潔淨水務？我知道那是一家**上市公司**，它為甚麼要派商業間諜到貴公司去？」福爾摩斯問。

「當然是**刺探**我公司的供水情況，然後來進行**破壞**啦。」懷特語帶怒氣地說，「如果我的公司出了狀況，潔淨水務就可以吃掉我的**供水市場**嘛。」

福爾摩斯想了想，懷疑地問：「要是這樣的話，懷特先生，你不就成為了羅里遇害的最大**嫌疑犯**嗎？」

聞言，華生赫然一驚，心中暗想：「確實如此，要是羅里是商業間諜，想對付他的必定是懷特本人，難道懷特登門求助，是**賊喊捉賊**

的**苦肉計**？」

「福爾摩斯先生，你說得對，我已成了最主要的**嫌疑犯**。」懷特並不介意大偵探的**質疑**，反而有點沮喪地說，「所以，我才不敢跑去報警，來找你幫忙呀。」

「原來如此。」福爾摩斯說，「不過，我知道警方已把沼氣爆炸定性為**工業意外**，你也不必太擔心。」

「哎呀，你一定不知道最新的情況了……」懷特一頓，**煞有介事**地吞了一口口水說，「我收到線報，知道警方挖出羅里的屍體時，發現他的脖子上插着**利器**！」

「**甚麼？**」福爾摩斯和華生都大感意外。

「而且，那是他致死的原因之一。所以，警方已暗中朝**兇殺**的方向調查了。」

福爾摩斯低頭思索了一會，然後才抬起頭來說：「懷特先生，明白了。我就接下你這個案子吧。請你先回家等候我的消息。」

「真的嗎？太好了。」懷特說完就轉身離開，但他走了兩步，又回過頭來說，「**別忘了，六**

折，是六折呀。」

待懷特走後，華生連忙問道：「你相信那胖子的說話嗎？」

「我相信。」福爾摩斯說。

「為甚麼？那可能是**賊喊捉賊**啊。」

「是的，他的行為確實有點像賊喊捉賊。」福爾摩斯分析道，「不過，賊喊捉賊必須有一個**前提**，那就是——**企圖洗脫自己的嫌疑**。所以，如果他是賊喊捉賊的話，就算引起警方懷疑，也會跑去**報警**，而不是來找我。因為，我只是一個私家偵探，向我使出賊喊捉賊這一招，對洗脫他的嫌疑一點幫助也沒有呀。」

「唔……也有道理。」華生說，「看他那副

死要**殺價**的嘴臉，也確實不像賊喊捉賊。」

「不過，還不能完全相信他的說話，我必須去找李大猩他們核實一下，羅里是否真的被**利器**刺中脖子斃命。」

福爾摩斯話音剛落，樓梯又響起了一陣急促的腳步聲。

「唔？沒想到**一講曹操，曹操就到**。」福爾摩斯從走上樓梯的腳步聲，已知道來者是誰。果然，走進來的正是**李大猩**和**狐格森**。

「怎麼了？你們不是很忙的嗎？來找我有甚麼事嗎？」福爾摩斯問。

「哈哈哈，沒有啦，剛好路過，順道過來**串門子**罷了。」李大猩假笑幾聲，掩飾尷尬地說。

「對、對、對，**串門子**罷了，沒甚麼事。」狐格森陪笑道。

「是嗎？」福爾摩斯斜眼看看兩人，試探地說，「我和華生剛好正想出門，真抱歉，不能招呼你們了。」

華生知道，蘇格蘭場孖寶**無事不登三寶殿**，一定是有事相求才會來的，只是他們**死要面子**，不肯直接說出口而已。

「出門？等一等。」狐格森慌忙道，「沼氣爆炸案有了**新發現**，想不想知道？」

「**哈哈哈！**」李大猩又假笑幾聲，「你們在案發時也在現場嘛，我們有義務**通知一聲**啊。哈哈哈，就是這樣。」

「有新發現嗎？」福爾摩斯**裝傻扮懵**地說，「可惜我對工業意外沒有興趣，而且那附近又多白骨，我最怕鬼，千萬別把我牽連進去。我們要出門了，改天再一起去喝下午茶吧。」

「**不，那不是工業意外，是兇殺案！**」李大猩一步搶前，生怕福爾摩

斯離開似的，攔在門前。

「**對，其中一個死者的脖子上，還插着這東西！**」狐格森趕忙從口袋中掏出一根**小圓棒**，遞了過去。

神奇的小圓棒

「**啊！**」福爾摩斯眼前一亮。

那根小圓棒粗若鉛筆，頂部還有個半截軟木塞大小的**把手**。

福爾摩斯接過小圓棒端詳了一會，不可置信地說：「**這根小棒真的是兇器？**」

「是呀，它就是兇器。」李大猩說。

「但它的前端毫不尖銳，用來刺殺的話，只會**事倍功半**呀。」

「哎呀，這個我們也知道。」狐格森不顧面

子，直截了當地說，「所以才拿來給你看呀。你是研究利器的專家嘛，應該知道這東西叫甚麼名堂吧？」

「唔……」福爾摩斯又再拿起小圓棒細看，「要是這小棒的前端是尖的話，還可算是個錐子。不，錐子的把手會長一點，這個太短了，拿着它去刺人也難以發力。依我看來，它不會是用來殺人的兇器。」

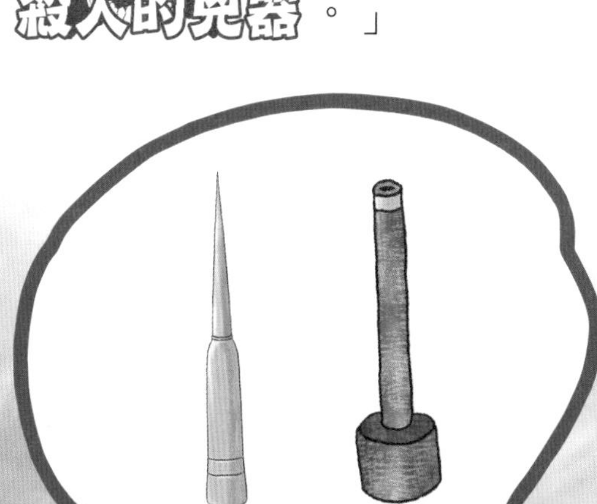

「不是兇器的話，為甚麼死者的脖子上會插着這東西？」李大猩問。

「對，為甚麼？」狐格森問。

「有兩個可能。」福爾摩斯想了想說，「①現場如果有兇手的話，兇手與死者搏鬥時，隨意抓起它當作武器，恰巧插中死者的脖子。②沼氣爆炸時，引發的強勁氣流把它捲起，剛好刺中死者的脖子。要知道，下水道中有很多雜物，爆炸的威力足以捲起很多東西。」

「如果是①的話，那個兇手豈非西納莫屬？當時下水道中只有他與

羅里，並沒有第三者呀。」華生說。

「對，如果有第三者的話，其屍體應該也在瓦礫之中。」福爾摩斯說，「沼氣爆炸威力巨大，又發生在一瞬之間，第三者不可能趕得及殺人後逃走，所以可撇除①的可能性。」

「有道理。」狐格森贊同。

「不過，西納不可能是兇手。」福爾摩斯向華生說，「記得嗎？當日救起他時，他還說有一個同事被埋，更示意我們去搶救。如果他是兇手，又怎會關心他剛殺死的人？」

華生想了想，點點頭道：「是的，西納說話

時雖然**斷斷續續**沒說清楚，但我也覺得他想叫我們去救人。」

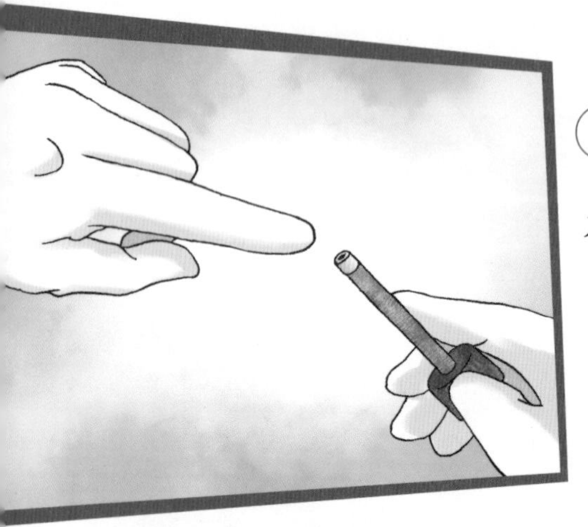

「那麼，只餘下②的可能性了？」李大猩問。

「對，第②個可能性較大。」福爾摩斯說，「但這小棒設計得實在**奇特**，它的前端還有一個**小孔**，不知道有何用途。」

「哎呀，小棒不是兇器的話，即是**得物無所用**啦，還研究來幹嗎？」李大猩焦急地說，「局長很重視這個案子，下令必須儘快弄通**爆炸與兇殺的關係**，否則半年之內也不准我們放假啊。」

狐格森也緊張地說：「是啊，我們被局長逼得很緊。消防員發現羅里的屍體後，我們已馬上跑去調查了，還動員了數十個人找遍那個被炸開的**大窟窿**呢。可惜的是，並沒找到**提燈**之類的殘骸，沒法確定引發爆炸的**火源**何來。」

「**火源**⋯⋯**？**對，應該先找**火源**⋯⋯」

聽到狐格森這麼說，福爾摩斯一邊呢喃一邊再仔細地端詳那根小圓棒。

突然，他發出驚叫：

「**牛角！這是牛角製的小棒！**」

「怎麼了？是**牛角製**又怎樣？」華生問。

「**火源**呀！這就是**火源**呀！我太大意了，竟然沒想到答案**遠在天邊，近在眼前**！」

「甚麼意思？」李大猩緊張地問。

福爾摩斯沒回答李大猩的問題，只是一個箭步衝到書桌旁，一手拉開抽屜後拚命地翻。不一刻，他從抽屜裏翻出了一個**小圓筒**。

華生認得，那是爆炸後，一個幫忙救人的壯漢在現場撿到後送給老搭檔的。

「**就是它！**」福爾摩斯舉起手上的小圓筒說。

「它就是**火源**？」李大猩和狐格森大驚。

「對！這是用牛角製成的**發火器**，但光有它也沒用。」福爾摩斯說着，拿起狐格森帶來的**小棒**道，「必須同時配備這東西，才能發出火來。」

李大猩連忙湊到小棒和小圓筒前細看，可是仍看不出一個所以然：「圓筒和小棒上也沒有**火藥**呀，怎樣發火？」

「嘿嘿嘿，這種發火器是不需要火藥的。」福爾摩斯說着，把小棒往小圓筒的洞口一插，然後使勁地一拔，「這樣**一插一拔**，就能發出**火**來了。」

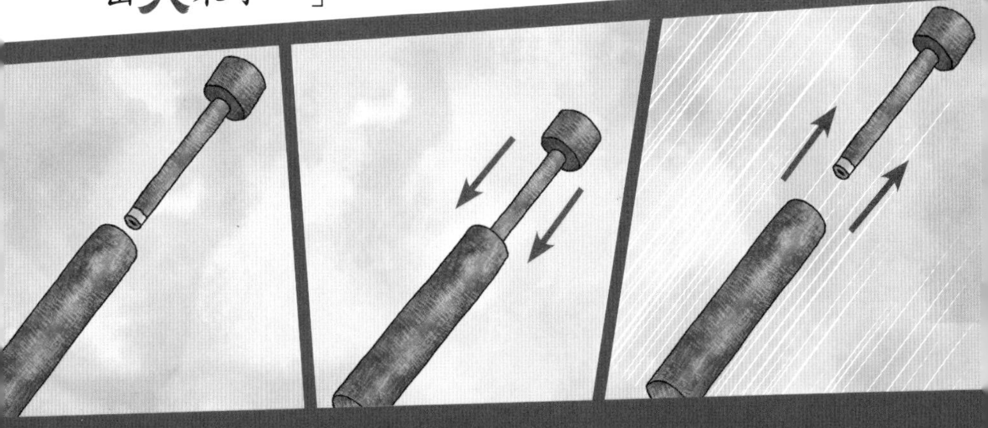

李大猩奪過小棒細看，說：「有火嗎？**橫看豎看**也沒有呀。」

「哎呀，剛才只是示範罷了。要真正發火的話，還需要**助燃**的東西。」福爾摩斯說着，馬上取來一撮沾了點**油**的**棉花**，然後把它塞到小棒前端的**小洞**裏。

「你們小心看着啊，我要發火了。」福爾摩斯把小棒放到圓筒口的上方，**煞有介事**地說。

李大猩、狐格森和華生雖然不知道他想幹甚麼，但都**屏息靜氣**地看着。

突然，他「**唏**」的大叫一聲，猛地把小棒插進圓筒中，接着又「**卜**」的一聲拔出。

「你們看！」福爾摩斯把小棒的前端遞過去。

「**呀！**」三人定睛一看，不禁同聲驚呼。在小棒前端那小洞裏的棉花果然被**燒**着了，還冒出幾縷輕煙。

「怎會這樣的？」李大猩和狐格森都覺得**不可思議**。

「嘿嘿嘿……」福爾摩斯冷笑道，「箇中原理比較複雜。簡單說來，就是——當把小棒使勁地插進密封的圓筒裏時，圓筒內的空氣受壓會產生高溫，這個高溫又把沾了油的棉花燒着，於是就發出火來了。」

「太神奇了。」華生讚歎。

「對，這個生火方法非常聰明。據說，這東西叫**壓縮空氣發火器**，是東南亞的土著發明的。有趣的是，**柴油機**也是受到這個發火器的啟發而研發出來的呢。」

「福爾摩斯，你實在太厲害了，連這種東西也懂得。」李大猩已忘記了面子問題，豎起拇指**誇獎**道。

「沒甚麼了不起，全是**好奇心**罷了。」福爾摩斯笑道，「我看見有趣的東西都想了解一下，所以腦子裏塞滿了很多**稀奇古怪**的東

西。」

「這麼一來，我們已知道引發**沼氣****爆炸**的**火源**了。」華生說，「可是，這種發火器非常罕見，是誰在下水道用它來**點火**的呢？」

「一定不會是西納，他死前說過有個同事在他**後面**。就是說，沼氣爆炸時，羅里應該站在他後面。如果西納用這發火器時引發爆炸，就算爆炸的威力令小棒射出，也不會**轉彎**射到他身後的羅里去。」福爾摩斯仔細地分析道，「所以，**用這發火器點火的應該是羅里**！在他拔出小棒的那一瞬間，沼氣馬上被燒着了，並同時引起爆炸。他手上的**小棒**在爆炸的威力下，就射向他自己，剛好插在他的脖子上了。」

「啊……」華生不禁慄然，「可是，羅里是水管維修工，他應該知道下水道常會產生**沼氣**，為甚麼還要點着**發火器**呢？他不怕死嗎？」

「對，難道他是個**視死如歸**的傻瓜？」李大猩也問道。

「問得好。」福爾摩斯皺了一下眉頭，道出了以下兩個推論。

推論① 羅里並不知道小圓筒的用途，更沒想到它能發火，結果操作時令它點着了沼氣。

推論② 羅里明知小圓筒是發火器，卻自殺式地令它發火，引發爆炸。

「確實只有這兩個可能。」狐格森說，「可是，他人已死了，我們還能找到**真相**嗎？」

「能否找出真相很難說，不過……」福爾摩斯一頓，眼底閃過一下寒光，「**我已找到調查的方向了！**」

水務公司的陰謀

「調查的方向？甚麼方向？」華生問。

「**第一**，就是調查優質水務的競爭對手——**潔淨水務公司**！因為優質水務出事，最大得益者就是它。」福爾摩斯說，「**第二**，就是調查**牛角發火器**從何而來？為何羅里會用它來點火？**第三**，就是要查明**羅里的背景**，和他為何以這種方式與西納**同歸於盡**？因為，他要殺死西納的話，可以選擇更簡單的方法。」

「我們已查過羅里的背景了。」狐格森連忙說，「他半年前進入優質水務工作，職位是**水管維修工**。有趣的是，他之前在潔淨水務幹過同樣的職位。」

福爾摩斯向華生打了個**眼色**，彷彿在說：「那個威廉·懷特說的都是實情呢。」華生意會，也知道老搭檔提醒他不要多說，以免狐格森兩人插手調查懷特。

「還有，羅里以前在貨輪當過**水手**，負責船上的機械維修，由於一年前家中出了**意外**，才辭去水手的工作回到倫敦來。」李大猩補充。

「家中出了意外？甚麼意外？」福爾摩斯問。

「**交通事故**。」李大猩答道，「一輛**雙層馬車**失控衝上了人行道，把他的妻子和女兒撞死了，後來肇事馬車還**不顧而去**呢。」

「他的女兒當時才7歲，太可憐了。」狐格森有點黯然。

「那麼，他還有其他家人嗎？」福爾摩斯

問。

「聽說還有幾位遠房親戚，但直系親屬就沒有了。」

「**孤身一人嗎？**」福爾摩斯沉吟片刻，突然想起甚麼似的問，「你有查過羅里當水手時行走的**航線**嗎？」

「據說主要是來往英國與**東南亞一帶**，例如馬來西亞和菲律賓。」

「啊！原來如此！」福爾摩斯恍然大悟，「牛角發火器產自**菲律賓**，他一定是當水手時買回來的。」

「這麼說的話，已可證實你的『推論②羅里明知小圓筒是發火器，卻**自殺式**地令它發火，引發爆炸。』」華生說，「因為，發火器是他買回來的，他不可能不知道**用途**。」

福爾摩斯想了想，然後向狐格森兩人說：「既然已對羅里有相當了解，請你們也去調查一下西納吧。羅里選擇與他同歸於盡，背後或許有甚麼原因。我就集中精力調查潔淨水務，看看這家公司與優質水務有何轇轕。」

翌日，福爾摩斯花了一整天時間，查出了潔淨水務公司的老闆叫希基，他是個冷酷無情的生意人，最近更有不尋常的舉動。

「不尋常？有何不尋常？」華生向風塵僕僕地回來的福爾摩斯問。

「你知道，優質水務是一間上市公司，它的股票可以在股票交易所自由買賣。」福爾摩斯說，「我調查後，發現希基在寬街爆發霍亂之前，已大量做空優質水務的股票。」

「『做空』？甚麼是『做空』？」華生不明白。

「甚麼？你連股票市場的『做空』也不懂嗎？」福爾摩斯沒好氣地說，「你這個醫生，看來除了醫術之外，甚麼也不懂呢。」

「哎呀，我的工作涉及病人的生死，必須專注於醫術呀。」華生反駁，「怎會像你那樣**一心多用**，甚麼也去鑽研一番啊。」

「算了，對你這種**專業的傻瓜**，動氣也沒用。」福爾摩斯舉了一個例子，說明甚麼是「做空」。

有兩個小學生，一個叫**福仔**，一個叫**華仔**。華仔有5個值⑩**便士**的限量版陀螺，福仔向他借了1個，並說幾天後歸還。

為了答謝華仔借出陀螺，福仔送了一塊波板糖給他。

福仔借入陀螺後，馬上以市價⑩**便士**賣給別人。因為，他的爸爸是玩具批發商，告訴他過兩天將會再推出這款陀螺，到時價錢就會**大跌**。

兩天後，這款陀螺的價錢果然**掉了一半**，

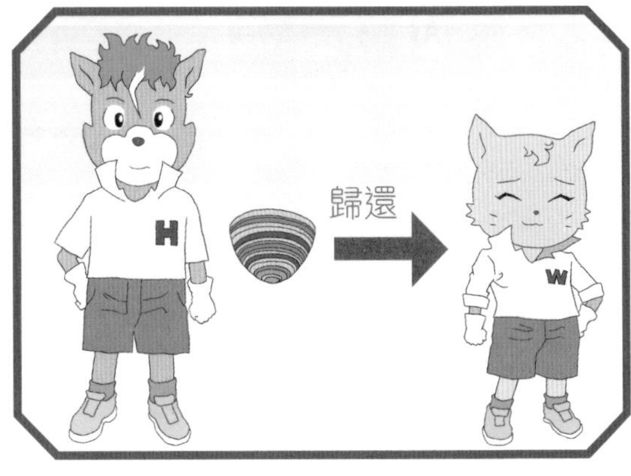

跌至5便士1個。於是，福仔馬上買了1個，並把這個買回來的陀螺還給華仔。

由於福仔賣出那個借來的陀螺時獲得10便士，在跌價後買回時只花了5便士，所以，他一借、一賣、一買、一還之間，賺了5便士。就是說，福仔在兩手空空之下（他的陀螺是借來的，不曾真正擁有），就賺到5便士了。而這種行為，就等於股票市場的「做空」。

「不過，要『做空』必賺的話，首要條件是

獲得內幕消息。」福爾摩斯進一步說明，「就是說，福仔要事先知道『限量版陀螺』其實並非限量，兩天後就會有大量新貨上市，只有這樣，他才能通過『做空』來賺錢。」

「啊，這麼說的話，希基的『做空』也必須有內幕消息。」華生問，「難道他預知優質水務的股價將會下跌，所以事先『做空』。」

「看來正是如此。」福爾摩斯說，「他在『做空』之前，肯定已掌握了優質水務的**不利消息**。」

「不利消息？」華生想了想，不禁赫然，「那不就是**寬街的霍亂**嗎？希基又怎會事先知道那兒會爆發霍亂呢？」

「問得好，這正是**弔詭之處**。」福爾摩斯說，「霍亂爆發是不可預知的，除非——」

「除非甚麼？」華生緊張地問。

「除非寬街的霍亂是希基**策劃**的！」

「竟然利用引發霍亂來賺錢，這還有人性嗎？」華生**不敢置信**，「這個指控非常嚴重，你肯定是希基做的嗎？」

「本來我不敢肯定的。」福爾摩斯說，「不過，當我知道他連**潔淨水務**的股票也『**做空**』之後，我就不得不相信了。」

「甚麼？他連潔淨水務的股票也『做空』？」華生詫異萬分，「那不是他自己的公司嗎？難道他想自己公司的股價也下跌？」

「這不是**想不想**的問題，而是**會不會**的

問題。」福爾摩斯一語道破箇中玄機，「如果他知道自己公司的股價一定會下跌的話，『做空』就必定賺錢了。」

「可是，他怎會預知自己公司的股價也會下跌呢？難道他在自己公司的供水區也策劃霍亂爆發嗎？」華生不明白。

「哎呀，說你是個專業的傻瓜果然沒錯。」福爾摩斯沒好氣地說，「當市場上傳出霍亂爆發與供水系統有關後，其他水務公司也必會受到牽連，股價也一定會跟着大跌呀。」

「啊……」華生恍然大悟，「我明白了。這就等於社會上傳出有不法商人正在銷售劣質牛奶的話，所有牛奶都不會有人買一樣。」

「對，就是這個道理。所以，希基在『做空』優質水務的股票時，也同時『做空』自己公司的股票。這樣的話，他就可以兩頭賺了。」福爾摩斯解釋，「不過，『做空』的風險也很大，如果這兩家公司的股價不跌反升的話，希基就會損失慘重。從這一點看來，他一定是掌握了必勝的內幕消息，才夠膽同時『做空』兩家公司的股票。不用說，這個消息就是——寬街即將爆發霍亂！」

「這個希基不但可怕，也太厲害了！」華生不禁慄然。

「他還有一着更厲害呢。」福爾摩斯說，

「當這兩家公司的股票下跌得非常慘烈時，他又大量買入自己公司的股票，待稍後股價回升後，再賺一筆！」

「這個我明白。當人們知道霍亂爆發與潔淨水務無關後，它的股價就會回升了。」

「對。」福爾摩斯說，「最後，他待優質水務的股價跌到底時，還可出手收購，把它的供水生意也搶過來。到時，他就可以雄霸大半個倫敦的供水市場了。」

華生思索了一下，半信半疑地問：「可是，他在股票市場興風作浪，不會惹人懷疑嗎？」

「希基非常小心，他是借用人家的名義『做空』，自己只是出錢，並沒有出面。」福爾摩斯說，「而且，由於他公司的股價也一起大跌，又花了大量資金去支撐公司的股價，表面上也損失慘重。所以，沒有人會懷疑他是策劃霍亂爆發的元兇。」

「現在優質水務和潔淨水務的股價是否已跌得很厲害？」華生問。

「不，由於大家以為霍亂爆發是由瘴氣引起，還未傳出與供水系統的關係，所以現在還風平浪靜，兩家公司的股價並未有異動。」

「希基為何按兵不動？現在不是散播消息的最佳時機嗎？」

「問得好，我也正在思索這個問題，但仍未有答案。」福爾摩斯一頓，想了想道，「或許希基的佈局仍未完成，他正在等待霍亂

蔓延多幾天，再給優質水務致命一擊。」

「要是這樣的話，我們必須儘快揭穿希基的陰謀，才能阻止霍亂再肆虐下去！」華生急切地說。

「沒錯。」福爾摩斯眼底閃過一下凌厲的光芒，「所以，我打算直搗黃龍，拜會一下這個希基，要他招認罪行！」

「但這樣不會打草驚蛇嗎？何況你並沒有任何實質證據證明霍亂爆發是他策劃的啊。」華生擔心地說。

「嘿嘿嘿……」福爾摩斯冷笑，「這個你不用擔心，我早已設下圈套令他不打自招！因為，我今早調查時，除了查得希基在股市『做空』外，還意外地得悉他有個男僕的妻兒住在寬街，日前更病發死了。」

霍亂與水

翌晨，當福爾摩斯和華生走出家門，正想叫輛馬車去找希基時，**斯諾醫生**卻突然匆匆忙忙地趕到。

「你們要出門嗎？先別走，且聽我說。」斯諾一看到兩人，就**急不及待**地說，「我終於找到**證據**了！霍亂的爆發確實是經水傳染的！」

「真的嗎？那太好了！」華生緊張地問，「你找到的是甚麼證據？」

「上次與你們見面後，我就去找該區的牧師幫忙，在他們的協助下，終於統計出所有**染病的住戶**，並繪製了一張霍亂肆虐的**地圖**，證實病患者全都是優質水務的供水戶。」斯諾不掩興奮地說，「而且，在統計調查的過程中，還發現了**三個重要情況**！」

「三個重要情況？」福爾摩斯訝異。

「對！」斯諾說着，掏出一張**地圖**，把他所指的情況一一道出。

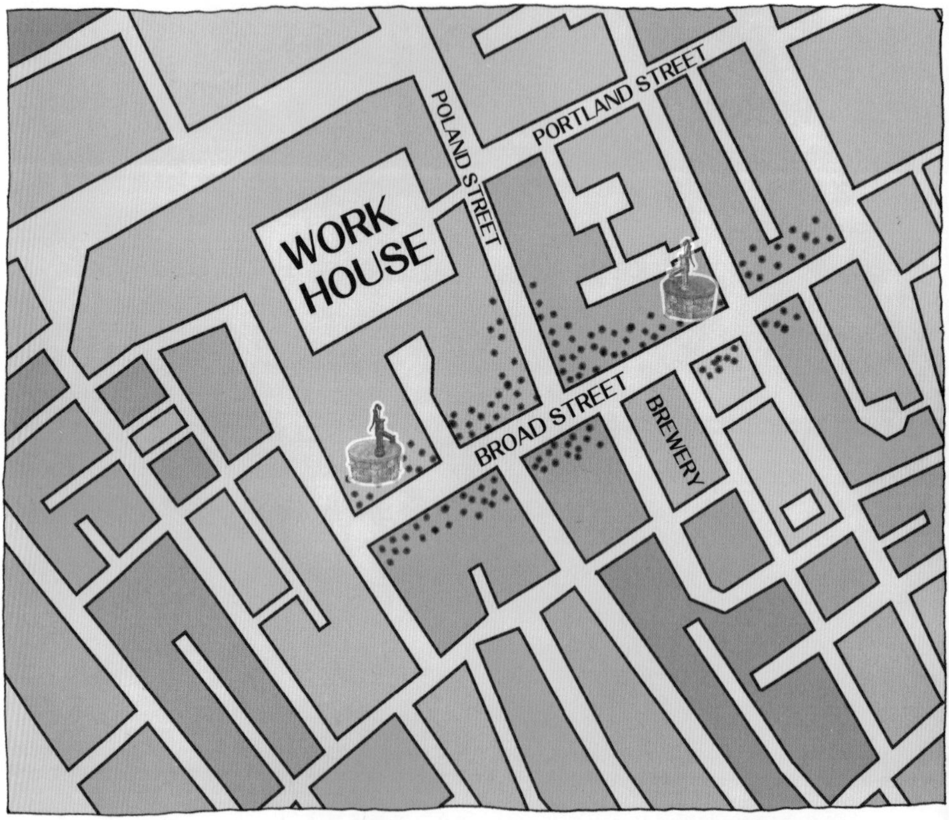

• 黑點標示受感染的住戶。

①距寬街只有幾十碼之遙的波蘭街有一家**濟貧院**，由於收容的都是貧苦大眾，院內的

擠擁情況與寬街不遑多讓，也是臭氣熏天，衛生情況極差。可是，那兒竟然沒有一個人受到感染。我深入了解後，發現濟貧院內有一口水井，水源來自地下水。所以，院內的貧民喝的都是這口水井的水，與優質水務的供水系統沒有關連。

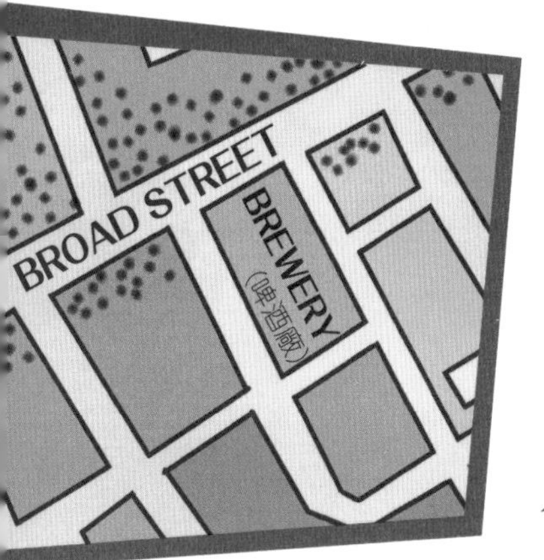

②不過，更叫我驚詫的是，在寬街的街尾有一家啤酒廠，那兒共有70多個工人，竟也沒有一個人感染霍亂！我調查後才知道，廠方釀製啤酒時必須以高溫把水煮過，更免費提供啤酒給工人飲用。所以，工人們上班時幾乎都只喝啤酒不喝水。所以，他們與

寬街的供水系統也沒有關連。

③此外，在發生沼氣爆炸後，由於水管受到破壞，寬街的自來水供應被切斷了，住戶們只好到**街頭**和**街尾**的兩口**水井**去取水飲用。在街頭水井取水飲用的住戶中，有幾個人不幸染上了霍亂。可是，只用街尾水井的住戶竟全部都**安然無恙**。據街坊說，街頭水井是由**優質水務**供水，但街尾水井是口**天然井**，水源來自地下水。

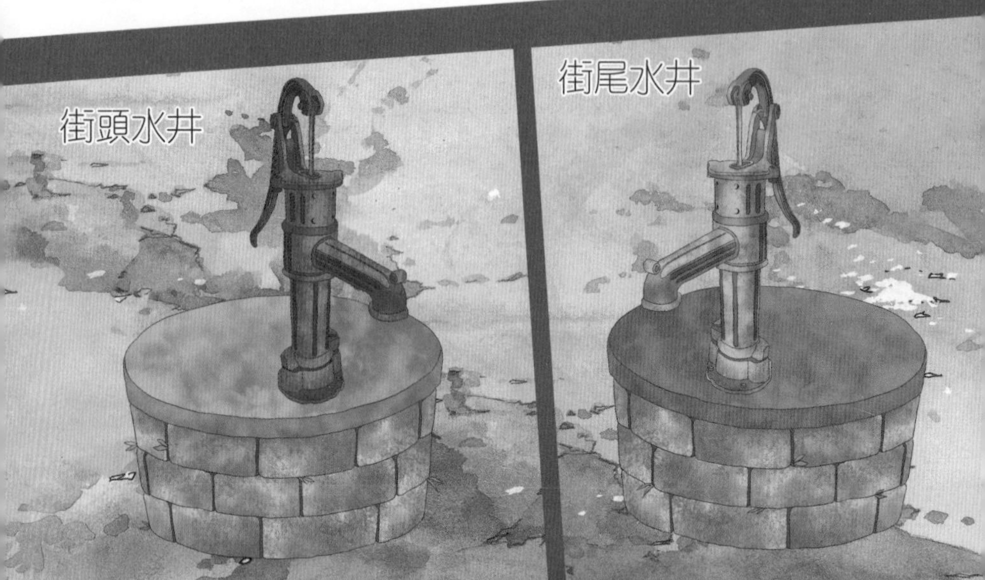

「所以，種種跡象都顯示，**霍亂應該與優質水務的供水系統受到污染有關**。」斯諾說到這裏，臉上已被陰霾籠罩，「因為，凡是飲用其他水的人都沒有染病，但飲用**優質水務供應的水**就染上了霍亂，事實不是已擺在眼前嗎？」

「有道理。」福爾摩斯頷首道，「而且，沼氣爆炸後發生的情況最有說服力。飲用**街頭水井**的水與飲用**街尾水井**的水，已有染病和不染病的分別，正好說明了問題所在。」

「那麼，你已向衛生部通報了嗎？」華生問。

「已馬上通報了，可是……」斯諾氣餒地歎道，「他們依然認為證據不足，不肯立即發佈霍亂是經水傳染的消息。」

「甚麼？證據不足？你剛才說的三個情況就是鐵一般的證據呀！」華生感到不可理喻。

「他們一直堅持『瘴氣論』，一時之間又怎會承認跟水有關。」福爾摩斯一針見血地指出，「要知道，官僚都很重視面子，官僚系統又最因循守舊，要他們糾正錯誤既困難又費時。」

「那怎麼辦？如不立即公佈斯諾先生的發現，居民仍會飲用寬街街頭那口水井的水呀！」華生焦急地說。

「對，這是刻不容緩的事，必須儘快告訴居民。」斯諾也心焦如焚。

「不，告訴居民也不一定有用，他們可以選擇不信。」福爾摩斯想了想，忽然兩眼靈光一閃，「我已想到一個更有效的方法制止霍亂蔓延。你們先叫輛馬車，我回家去拿一件法寶來，然後馬上一起趕去寬街！」

半個多小時後，三人已抵達寬街街頭，幸好那口出了問題的水井沒人在打水。於是，大偵探舉起一個**大鐵鎚**叫道：「看我的法寶有多厲害吧！」

他話音剛落，已縱身一躍而起，並猛地揮下大鐵鎚直往水井邊的抽水泵打去。「乒」的一聲響起，**抽水泵**已被打歪了。接着，他「乒乒乒乒」地揮動大鐵鎚再打了十幾下，很快就把抽水泵打個稀巴爛。

「這樣的話，居民就無法抽水飲用了。」福爾摩斯放下大鐵鎚，喘着氣道。

「**做得好！**」華生讚道，「非常時期就要用非常手段！」

「我竟沒想到這麼簡單的方法，福爾摩斯先生你**坐言起行**，幹得實在痛快！」斯諾佩服地說，「等衛生部門開會討論後才動手的話，可能又有幾個居民染病身亡了。」

「現在只是暫時制止了霍亂擴散，但仍沒解決真正問題。」福爾摩斯說，「因為，我們還未把策劃霍亂的元兇繩之以法。」

「甚麼？策劃霍亂的元兇？這是甚麼意思？」斯諾大驚。

「事情是這樣的……」福爾摩斯說着，把希基利用霍亂在股市中上下其手的情況，一五一十地告之。

「竟有人做出這種人神共憤的惡行！太可惡了！」斯諾怒不可遏。

「其實，剛才在家門外碰到你之前，我們正想去找那個希基，面對面地質問他！」華生說。

「糟糕，躭誤了不少時間，希望**等我的人**沒離開吧。」福爾摩斯說，「斯諾先生，你留下來找人在井旁豎一塊**告示牌**，說這個水井有**毒**，不可飲用，以防有人揭開鐵蓋吊下水桶取水。我們馬上趕去**潔淨水務**。」

「好的。」斯諾用力地點點頭，「這兒就交給我吧。」

福爾摩斯和華生又叫了輛馬車，直往潔淨水務公司開去。

一坐下來，華生就問：「你剛才說有人在等你，究竟是**甚麼人**？」

「嘿嘿嘿，**天機不可泄露**，你去到就知道了。」福爾摩斯狡黠地一笑，「話說回來，幸好斯諾先生及時趕到，不但制止了霍亂擴散，也解答了我心中的**疑問**。」

「甚麼疑問？」

「**殺人的方法呀！**昨天與李大猩他們討論案情時，我不是說過嗎？」

「經你這麼一說，我倒記起來了。你說過，殺一個人可以有很多方法，沒必要**引爆沼氣**同歸於——」華生說到這裏，突然止住了。

「啊！我明白了！」華生猛然醒悟，「羅里選擇這種**殺人方法**，不單是為了對付**西納**，

他還要炸毀優質水務的輸水管，切斷它向寬街的住戶供水！」

「沒錯，簡單來說，他的真正目的是要制止霍亂傳播！」福爾摩斯點出了要害，但他很快又皺起眉頭說，「可是，如果這個推論成立的話，羅里就不是一個壞人呀，他為甚麼又要與西納同歸於盡呢？」

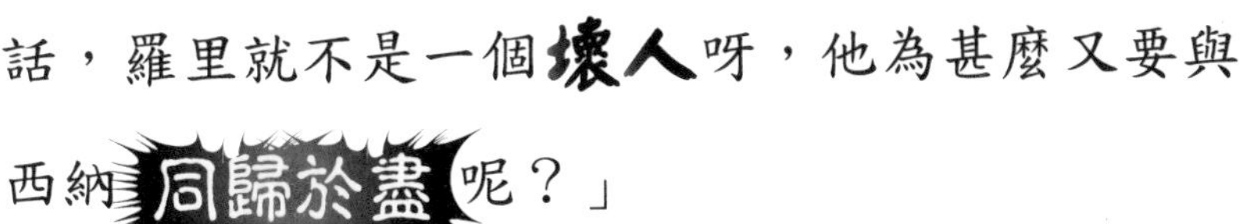

「對，為甚麼呢……？」華生搜索枯腸，也無法解答這個疑問。

不久，馬車在潔淨水務公司的不遠處停了下來。福爾摩斯率先跳下車，他向躲在街角的一個管家模樣的中年男人揮了揮手，揚聲道：「對不起，途中有點事躭誤了，讓你久等

始作俑者的惶恐

希基在豪華的辦公室中**坐立不安**，他一臉憔悴，滿面鬍鬚，已兩天沒有回家了。因為，事情的發展完全**出乎意料之外**，他沒

想到在指使羅里把不乾淨的水源接駁到優質水務的**輸水管**後，竟會引發**軒然大波**，掀起了一場霍亂大風暴！

「原本只是想寬街的貧民拉拉肚子，再**散播謠言**在股市中大賺一筆，卻沒想到竟然爆發霍亂，還死了那麼多人！」希基心裏**懊悔萬分**，「更沒想到，那個名叫西納的抄錶員會察覺供水系統出了問題。我本來只是叫羅里去收買他，誰料到……誰料到羅里那個傻瓜……竟然**擅作主張**，在下水道引爆沼氣與他**同歸於盡**！」

「實在太糟糕了！」希基霍地站起來，他一腳踢開椅子，焦急地**喃喃自語**，「聽說寬街

每天都有人染病身亡，但羅里已死，我又找不到人去拆除有問題的**輸水管**。怎麼辦？怎麼辦才好？」

「**不！**我必須找人去拆除輸水管！」希基下定決心，但回心一想，又喪氣地搖搖頭，「**不！**這個禍闖得實在太大了！事到如今，我絕不能將事實說出，否則必會**身敗名裂**！」

就在這時，他的女秘書敲了敲門，走了進來說：「希基先生，外面有**兩位先生**找你——」

未待秘書說完，希基已使勁地擺擺手，不耐

煩地說：「我不是說過今天不想見人嗎？叫他們改天再來吧。」

「這個……我早已說了。」秘書**戰戰兢兢**地說，「他們想跟你談談霍亂的事，還說知道一些秘密與你有關。」

「甚麼？」希基大吃一驚，**老羞成怒**地叫道，「***我不見客！你叫他們滾！***」

女秘書被喝得嚇了一跳，正想退身而出時，福爾摩斯和華生卻已逕自闖了進來。

「希基先生，你**作賊心虛**，不敢見人嗎？」福爾摩斯毫不客氣地說，「我們是私家偵探，已查出霍亂與你做空股市有關，你有何解釋？」

「你……你別含血噴人！」希基慌了，他期期艾艾地反駁，「我不知道甚麼霍亂，也沒有做空股市！」

「嘿！別以為羅里已死，你就可以脫罪啊。我們已掌握了你做空股市的證據，蘇格蘭場只要派人到下水道去檢查一下，就會發現有人在優質水務的輸水管上做了手腳。」

「我……不知道你在說甚麼。」希基自知

心中有鬼，他為免露出馬腳，立即下逐客令，「我現在很忙，請回吧！」

「好，我們走，但你好自為之啊！」福爾摩斯假裝憤怒地拋下一句，就拉着華生步出了房間。

希基看着兩人離開，才鬆了一口氣。然而，就在這時，那個女秘書又跌跌撞撞地走了進來，她臉色發青地說：「希基先生，不好了！你家出了事！」

「出了甚麼事？」希基訝異。

秘書仍未回答，剛才在街角露了一面的那個管家模樣的中年男人已氣急敗壞地闖進來，他一見到希基就說：「希基先

生，不得了！不得了！**太太和小姐……太太和小姐……出事了！**」

「出事了？究竟是甚麼事？」希基緊張地問。

「太太和小姐……昨夜外出後回來……回來後就不斷**又拉又嘔**……我馬上去請醫生來診治，可是……可是醫生說**太太和小姐都染上了……染上了霍……**」管家說到這裏，已害怕得說不下去了。

「染上了霍……？不是染上了**霍亂**吧？」希基被嚇得**面無人色**。

管家沉痛地點了點頭。

「怎會這樣的？她們**無緣無故**怎會染

上霍亂的？」希基想了想，猛然醒悟，「難道……難道她們去過**寬街**找親戚？」他記得，妻子在寬街有一個上了年紀的親戚，妻子**過年過節**就會去看她。

「是……」管家點點頭，「太太說住在寬街的**姨母**最近染了病，想帶小姐去探望她。我就安排了一輛馬車……可是，太太和小姐只逗留了半個小時……沒想到……沒想到卻……」

「她們……她們在姨母家有**喝水**嗎？」希基緊張地問。

「**喝水？**

有……我看到她們各自喝了一杯……」

「啊……」希基雙腿發軟，「嘭」的一聲倒坐在椅上。

「希基先生，你不去看看她們嗎？」管家問。

希基如夢初醒似的，霍地站了起來，慌忙衝出門去。可是，他一踏出門口，兩個身影已閃出攔在前面。他們不是別人，就是我們的大偵探福爾摩斯和華生！

幽靈的地圖

希基被捕了。他在情急之下，說出了寬街的水與霍亂的關係，證明他知道寬街爆發霍亂是經水傳染的，這成為了他策劃霍亂的罪證。

因為，在他脫口而出的那一刻，除了福爾摩斯、華生和斯諾之外，是沒有人知道霍亂是經水傳染的。

當然，其管家跑來通報甚麼「太太與小姐染上了霍亂」，也只是一場福爾摩斯導演的戲而已。其實，真正染病身亡的是管家的妻女。當福爾摩斯得悉其妻女死於霍亂後，就把霍亂爆發的真相告知，但管家不肯相信，因為他知道希基太太有個姨母也住在寬街，希基沒有理由連親戚的生死也不顧。

於是，福爾摩斯就遊說管家做一場戲，如果希基露出破綻，就可揭穿他不理他人死活的真面目了。

在警方的盤問下，希基交代了他與羅里的關係。原來，希基在發跡之前曾在遠洋貨輪上當**手水長**，羅里是他的下屬。當他得悉羅里的妻女死於交通意外，就出錢為她們**殮葬**，待羅里回倫敦後，就聘他到公司工作，然後再命他去搞破壞，把泰晤士河**不潔的水源**接駁到優質水務的供水系統中。

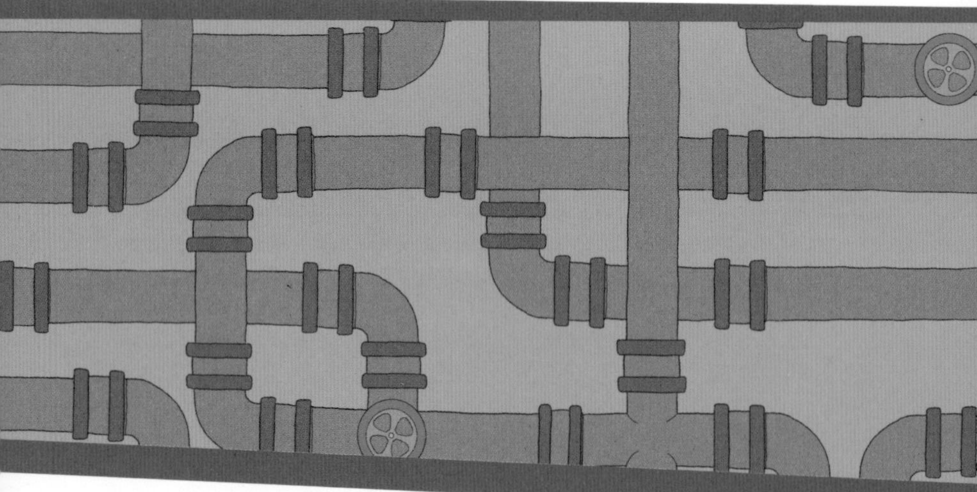

他強調自己只是想讓寬街的住戶拉拉肚子，並沒想過會爆發霍亂。可是，不管他如何申辯，由於死的人太多了，相信他已**死罪難逃**。

另一方面，李大猩和狐格森也查過西納的底

細。原來，西納當過雙層馬車的**馬車夫**，曾涉嫌撞死一對母女後**不顧而去**，這對母女正是羅里的妻女。但由於證據不足，西納獲判無罪。後來，他辭去馬車夫的工作，轉行當**抄錶員**。

羅里答允希基去優質水務公司搞破壞，一定是為了接近西納**伺機報仇**。他選擇引爆沼氣，看來是因為知道闖下了大禍，令無辜的居民枉死，於是就採用了**一石二鳥**之計，一方面與西納**同歸於盡**，另一方面炸毀出了問題的水管，阻止霍亂擴散。

「可是，羅里為何要用**牛角發火器**來引爆沼氣呢？這個問題仍未有**答案**呢。」華生從警局出來後，滿腹疑惑地說。

「雖然真正的答案只有羅里才知道，但我們也可以推理一下。」福爾摩斯分析道，「我認為**牛角發火器是一種信息**，讓警方知道那不是工業意外，而是**蓄意謀殺**。

因為，他估計當警方調查後，就會知道那是他當水手時從**菲律賓**帶回來的發火器。」

「可是，他為甚麼要讓警方知道這個目的呢？」

「看來，羅里想通過發火器**轉移視線**，讓警方把注意力集中到他身上，掩飾他的**另一個目的**——**炸毀供水系統，阻止霍亂擴散。**」

「唔……有道理。」華生點點頭，「希基曾主動為他的妻女安排身後事，是他的**恩人**，他一定不希望警方追蹤到希基身上去。」

「真諷刺啊。」福爾摩斯歎道。

「甚麼意思？」

「此案雖然死人無數，卻有一個人得益。」

「一個人得益？是誰？」

「懷特呀。」福爾摩斯說，「希基被捕，潔淨水務遲早也會倒閉，到時他就可以把它的供水市場也奪過來。」

「是的，他冷手撿了個熱饅頭了。」

「就是啊！看來我也要狠狠地敲他一筆，要他出錢接濟那些霍亂戶的遺孤，和那個可憐的西納太太。」

「是的，他有道義這樣做。」華生說到這裏，忽然想起甚麼似的，「不對，此案還有一個人得益。」

「誰？」

「**斯諾呀**。」華生說，「相信此案曝光後，他繪製的那張寬街『**病戶地圖**』一定會獲得醫學界的認同，一洗不受重視的頹氣。而且，他的學說對將來**預防霍亂爆發**有很大的幫助！」

「這麼說來，今後因霍亂而死的人將會大幅減少，會為後世帶來很大得益呢。」福爾摩斯一頓，臉上浮現出一抹悲傷，「**不過，斯諾那張地圖其實是一張『幽靈地圖』，它是犧牲了過百條人命才能繪製而成的啊！**」

科學小知識

【壓縮空氣發火器】

壓縮空氣發火器的英文叫「fire piston」或「fire syringe」，由一根小圓筒和一根小圓棒組成。

當把發火器的小圓棒快速地在小圓筒內往下壓時，由於圓棒與圓筒壁之間沒有空隙，圓筒內空氣的體積會在圓棒的擠壓下縮小，當空氣的體積被壓縮至某個程度時，筒內的壓力上升令氣體分子的動能（kinetic energy）增加，從而產生高溫，最後就會把沾了油的棉花點着了。

據說於1892年面世的柴油機（diesel engine，又稱內燃機），也是受到這種發火器的啟發而發明的。簡單來說，柴油機就是利用活塞把空氣壓縮加熱，然後點燃液體燃料來啟動的裝置。

醫學小知識

【霍亂】

是由霍亂弧菌引發的急性腸道傳染病，染上後會腹瀉及嘔吐，大便呈米水狀，在嚴重脫水下會死亡。此病通常是由受霍亂弧菌污染的食水或食物傳染，潛伏期由數小時至五天不等，故在19世紀中期仍未發現霍亂弧菌前，嚴重病患者多在數天甚至一天內死亡。本故事雖是參照19世紀中期霍亂在倫敦寬街肆虐的歷史改寫而成，而故事中的醫生約翰·斯諾（John Snow）也真有其人，美國作家史蒂芬·約翰遜（Steven Johnson）的著作《死亡地圖》（The Ghost Map）更詳述了這段歷史。但本故事內容純屬虛構，因為福爾摩斯身處的19世紀末期，醫學界已知道霍亂乃經食水傳染。

福爾摩斯科學小魔術

方向逆轉

請準備以上材料

把紙貼在空的杯子上。

把盛滿水的杯子移到紙的前面。

看！原本是指着右方的箭頭，逆轉了指向左方呢！

為甚麼把盛了水的杯子放到紙張前面，紙上的箭頭看來是逆轉了呢？原來，由於杯子有弧度，盛了水後就會變成一個凸透鏡，光線通過杯子時，就會產生不同程度的折射，如通過弧度不大的中間位置，折射效果不明顯（近乎直線通過）。可是，當光線通過弧度較大的曲面時，就會產生明顯的折射，射到相反的方向去。我們看到箭頭是因為箭頭反射出來的光線，在折射的影響下，當箭頭反射出來的光線逆轉，我們看到的箭頭也就逆轉了。

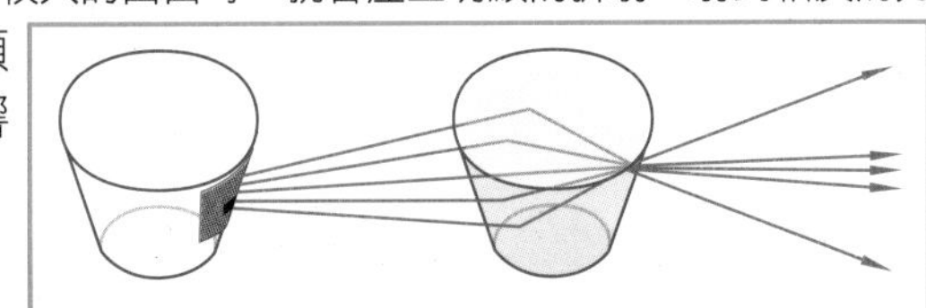

地圖①

現在考你地理知識。
考吧。

北極在哪裏？
這裏。

北極怎會在下面？
我也知道呀。

但你把地圖倒轉了掛呀。

地圖②

現在考你歷史知識。
考吧。

誰發現美洲？
我！

怎會是你？
怎會不是？

看！
這不就是美洲嗎？

地圖③

美國製的世界地圖，
中心是美國。
啊～

印度製的世界地圖，
中心是印度。
啊～

那麼，英國製的
世界地圖呢？
英國製的
世界地圖嘛
……

中心最好是
貝格街 221 號 B 啦。

地圖④

我準備去探險！
是嗎？
別忘記帶地圖。

你太落後了，現在
有 google map 嘛！
但紙地圖
更好用啊。

有甚麼好用？
人有三急時
……

還可以用來
抹屁股啊！

原著人物 / 柯南・道爾
（除主角人物相同外，本書故事全屬原創，並非改編自柯南・道爾的原著。）
小説&監製 / 厲河　繪畫（線稿）/ 鄭江輝　繪畫（造景）/ 李少棠
着色 / 徐國聲、陳沃龍、麥國龍　科學插圖 / 麥國龍　造景協力 / 周嘉詠
封面設計 / 陳沃龍　內文設計 / 麥國龍　編輯 / 盧冠麟、郭天寶

出版
匯識教育有限公司
香港柴灣祥利街9號祥利工業大廈2樓A室

想看《大偵探福爾摩斯》的
最新消息或發表你的意見，
請登入以下facebook專頁網址。
www.facebook.com/great.holmes

承印
天虹印刷有限公司
香港九龍新蒲崗大有街26-28號3-4樓

發行
同德書報有限公司
九龍官塘大業街34號楊耀松（第五）工業大廈地下
電話：(852)3551 3388　傳真：(852)3551 3300

第一次印刷發行　2019年7月
第三次印刷發行　2021年10月

ISBN:978-988-78645-4-7
港幣定價 HK$60
台幣定價 NT$300

發現本書缺頁或破損，
請致電25158787與本社聯絡。

1 追兇20年
福爾摩斯根據兇手留下的血字、煙灰和鞋印等蛛絲馬跡，智破空屋命案！

2 四個神秘的簽名
一張「四個簽名」的神秘字條，令福爾摩斯和華生陷於最兇險的境地！

3 肥鵝與藍寶石
失竊藍寶石竟與一隻肥鵝有關？福爾摩斯略施小計，讓盜寶賊無所遁形！

4 花斑帶奇案
花斑帶和口哨聲竟然都隱藏殺機？福爾摩斯深夜出動，力敵智能犯！

5 銀星神駒失蹤案
名駒失蹤，練馬師被殺，福爾摩斯找出兇手卻不能拘捕，原因何在？

6 乞丐與紳士
紳士離奇失蹤，乞丐涉嫌殺人，身份懸殊的兩人如何扯上關係？

7 六個拿破崙
狂徒破壞拿破崙塑像並引發命案，其目的何在？福爾摩斯深入調查，發現當中另有驚人秘密！

8 驚天大劫案
當鋪老闆誤墮神秘同盟會騙局，大偵探明查暗訪破解案中案！

9 密函失竊案
外國政要密函離奇失竊，神探捲入間諜血案旋渦，發現幕後原來另有「黑手」！

10 自行車怪客
美女被自行車怪客跟蹤，後來更在荒僻小徑上人間蒸發，福爾摩斯如何救人？

11 魂斷雷神橋
富豪之妻被殺，家庭教師受嫌，大偵探破解謎團，卻墮入兇手設下的陷阱？

12 智救李大猩
李大猩和小兔子被擄，福爾摩斯如何營救？三個短篇各自各精彩！

13 吸血鬼之謎
古墓發生離奇命案，女嬰頸上傷口引發吸血殭屍復活恐慌，真相究竟是……？

14 縱火犯與女巫
縱火犯作惡、女巫妖言惑眾、愛麗絲妙計慶生日，三個短篇大放異彩！

15 近視眼殺人兇手
大好青年死於教授書房，一副金絲眼鏡竟然暴露兇手神秘身份？

16 奪命的結晶
一個麵包、一堆數字、一杯咖啡，帶出三個案情峰迴路轉的短篇故事！

17 史上最強的女敵手
為了一張相片，怪盜羅蘋、美艷歌手和蒙面國王競相爭奪，箇中有何秘密？

18 逃獄大追捕
騙子馬奇逃獄，福爾摩斯識破其巧妙的越獄方法，並攀越雪山展開大追捕！

19 瀕死的大偵探
黑死病肆虐倫敦，大偵探也不幸染病，但病菌殺人的背後竟隱藏着可怕的內情！

20 西部大決鬥
黑幫橫行美國西部小鎮，七兄弟聯手對抗卻誤墮敵人陷阱，神秘槍客出手相助引發大決鬥！

21 蜜蜂謀殺案
蜜蜂突然集體斃命，死因何在？空中懸頭，是魔術還是不祥預兆？兩宗奇案挑戰福爾摩斯推理極限！

22 連環失蹤大探案
退役軍人和私家偵探連環失蹤，福爾摩斯出手調查，揭開兩宗環環相扣的大失蹤之謎！

23 幽靈的哭泣
老富豪被殺，地上留下血字「phantom cry」（幽靈哭泣），究竟有何所指？

24 女明星謀殺案
英國著名女星連人帶車墮崖身亡，是交通意外還是血腥謀殺？美麗的佈景背後竟隱藏殺機！

25 指紋會說話
詞典失竊，原本是線索的指紋，卻成為破案的最大障礙！此案更勾起大偵探兒時的回憶，少年福爾摩斯首度登場！

26 米字旗殺人事件
福爾摩斯被捲入M博士炸彈勒索案，為嚴懲奸黨，更被逼使出借刀殺人之計！

27 空中的悲劇
馬戲團接連發生飛人失手意外，三個疑兇逐一登場認罪，大偵探如何判別誰是兇手？

28 兇手的倒影
狐格森身陷囹圄！他殺了人？還是遭人陷害？福爾摩斯為救好友，智擒真兇！

29 美麗的兇器
記者調查貓隻集體自殺時人間蒸發，大偵探明查暗訪，與財雄勢大的幕後黑手鬥智鬥力！

30 無聲的呼喚
不肯說話的女孩目睹兇案經過，大偵探從其日記查出真相，卻使真兇再動殺機，令女孩身陷險境！

31 沉默的母親
福爾摩斯受託尋人，卻發現失蹤者與昔日的兇殺懸案有千絲萬縷的關係，到底真相是……？

32 逃獄大追捕II
刀疤熊藉大爆炸趁機逃獄，更擄走騙子馬奇的女兒，大偵探如何救出人質？

33 野性的報復
三個短篇，三個難題，且看福爾摩斯如何憑一個圖表、一根蠟燭和一個植物標本解決疑案！

34 美味的殺意
倫敦爆發大頭嬰疾患風波，奶品廠經理與化驗員相繼失蹤，兩者有何關連？大偵探誓要查出真相！

榮獲2017年香港出版雙年獎頒發「出版獎」。

35 速度的魔咒
單車手比賽時暴斃，獨居女子上吊身亡，大偵探發現兩者關係殊深，究竟當中有何內情？

榮獲2017年香港教育城「第14屆十本好讀」頒發「小學生最愛書籍」獎及「小學組教師推薦好讀」獎。

36 吸血鬼之謎II
德古拉家族墓地再現吸血鬼傳聞，福爾摩斯等人為解疑團，重訪故地，究竟真相為何？

37 太陽的證詞
天文學教授觀測日環食時身亡，大偵探從中找出蛛絲馬跡，誓要抓到狡猾的兇手！

38 幽靈的哭泣II
一大屋發生婆媳兇殺案，兩年後大屋對面的叢林傳出了幽靈的哭聲，及後林中更有人慘遭殺害。究竟兩宗兇案有何關連？

39 綁匪的靶標
富豪兒子遭綁架，綁匪與警方對峙時被殺，肉參下落不明。大偵探出手調查，卻發現案中有案？

40 暴風謀殺案
氣象站職員跳崖自殺、老人被綁着殺死，兩宗案件竟然都與暴風有關？

41 湖畔恩仇錄
青年涉嫌弒父被捕，大偵探調查後認為對方清白，此時嫌犯卻突然認罪，究竟真相為何？

42 連環殺人魔
六個黑幫分子先後被殺，華生恩師赤熊也命喪街頭，同時一齣電影的拷貝盡數被毀，究竟彼此有何關連？